这本书属于：

瓦乐比地图
瓦乐比学校
学校巷
博物馆
博物馆街
学校街
小卖亭
瓦乐比体育馆
教堂街
教堂街
热狗
沃尔格伦书店
25

码头
瓦乐比报
瓦乐比图书馆
6
4
码头街
2
《瓦乐比报》编辑部
宾馆
大广场
里奥电影院

瓦乐比火车站
加油站
车站街
商人街
超市
银行
宠物店
商人街
医院街
游泳馆

瓦乐比建筑公司
瓦乐比
监狱
铁窗巷
1915
大剧院
阿迦顿理发店
剧院街
剧院街
横街
消防站
眼镜店
警察局
商人街
商人街

目录

海滩雕塑比赛 10

瓦乐比侦探赛 54

连线游戏 60

帮助牧师 62

去警察局 64

寻找嫌疑人 66

揭穿窃贼 68

窃贼的笔记 70

在城堡追捕窃贼 72

寻找被盗物品 74

牧师的诗 76

自制肥皂泡 78

培根兄弟的救生圈 80

莎拉和迪诺的野餐篮 82

举办海滩雕塑比赛 84

我的实践计划 86

我的实践记录 88

答案 90

瓦乐比学校

可是玛娅，我们得先去学校参加期末典礼。你忘了吗？

我当然没忘，拉塞！不过你要答应我，期末典礼结束以后就去游泳，好吗？

好，结束后我们去游泳！不过，我们还得去找警察局长，他的态度近来很奇怪。我估计，他有某些秘密的计划……

海滩雕塑比赛

瓦乐比学校的全体学生聚集在学校的礼堂里。夏季的阳光透过高大的窗户照了进来。每个孩子的面前都摆着一个鼓鼓囊囊的包。

米兰达坐在拉塞和玛娅的中间。

舞台上摆着一些插满鲜花的花瓶。观众席里传来孩子们充满期待的嘁嘁喳喳的说话声。

这是期末典礼的现场，现在该古恩校长讲话了。

“亲爱的孩子们。”她开始说。

玛娅笑了，在米兰达的腰上戳了一下。

“她讲话的内容每年都一样。”

“我都能猜到她接下来要说什么。”米兰达小声回应。

古恩校长继续说：

“整整一学年结束了。你们在阅读、书写、数学和其他方面都进行了大量的练习。你们很勤奋，也很棒。”

礼堂里的孩子们“咯咯”地笑了起来，因为他们都知道接下来会发生什么。

“所有人都很棒，只有一个人除外。”古恩校长接着说，她的表情显得格外严肃。

“又来了。”玛娅小声说着，微微一笑。

校长将目光投向观众席，似乎在寻找某个人。

“那边的那个人！”她突然说了一句，然后用手指向礼堂最后面的某个人。

所有的孩子都转头看过去，他们看见古恩校长指的人是学校管理员里斯多。

“你一点都不勤奋，简直就是一条大懒虫！”

学校管理员低头看着地板，假装感到难为情。这下子，孩子们爆笑起来，尤其是米兰达，因为里斯多是她的爸爸。

这时候，古恩校长再次露出了笑脸。

“亲爱的孩子们，我刚才当然只是在开玩笑。整个学年里，这所学校的每个人都表现得非常勤奋，包括那些大人！”

拉塞有点坐不住了。他像敲鼓似的用手拍打着自己的包。

“静一静，拉塞，快了。”玛娅小声说。

“我在想警察局长呢。”拉塞说。

玛娅点点头。警察局长朗道夫·拉尔松最近一段时间总是神秘兮兮的。

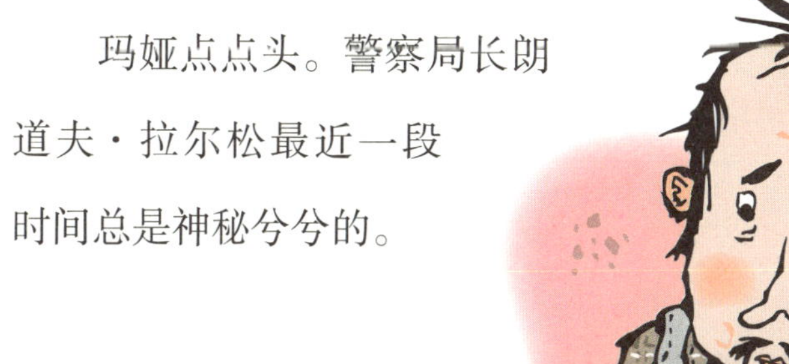

“他说，他正在准备一份惊喜。”拉塞接着说。

“我知道，不过，先等古恩校长说完吧。”

“现在，我亲爱的孩子们，”古恩校长继续说，“你们知道，现在该做什么了吗？”

“知道！”全体孩子大喊着回答。

“去享受夏天吧，放松一下，吃冰激凌，睡懒觉，但最重要的是……”

“游泳的时候注意安全！”孩子们尖叫着，抢着回答。

“好的，乖孩子们。游泳要注意安全，我们暑假结束时再见。祝你们夏天愉快！”古恩校长一边大声说，一边向所有的孩子送上飞吻。

接着，她匆匆地走下舞台，好像要去办很紧急的事情。

拉塞、玛娅、米兰达和其他孩子一起也向校长喊了一声“夏天愉快”。然后，他们欢呼着拿起各自的包，离开了礼堂。

拉塞、玛娅和米兰达站在自行车的旁边。玛娅把自己的包固定在自行车后座架上，拉塞打开了自己的车锁。

“注意啊，孩子们！我们可不能迟到。”古恩校长大声说着，迅速来到孩子们和自行车之间。

校长跳上自己的自行车，骑车离开了。

“哎呀，”米兰达说，“有些人看来真的比其他人更着急。”

“大家都要去那边，”玛娅说着，扣上头盔上的安全扣，“没人想错过。”

拉塞跳上自行车，说：“你们准备好了吗？”

玛娅和米兰达点点头。

“那我们出发吧！”拉塞说。

“向海滩出发！”玛娅说。

“向暑假出发！”米兰达叫了出来。

拉塞、玛娅、米兰达和大家一起骑自行车进了学校街，然后右转弯，骑向瓦乐比海滨浴场。

很快，他们就闻到了大海的气味，听见了海鸥的叫声。

这时，他们看见穆罕默德骑着自行车去了相反的方向。

“他要去哪儿？”米兰达问。

玛娅耸耸肩，表示不知道。

“上帝保佑平安与你同在！”牧师一边喊，一边骑着车飞速前进，超过了所有人。“我要飞到前

面去，”他大叫一声，“像草地上的鸟儿和花儿一样。”

瓦乐比海滨浴场位于几座沙丘的后面。拉塞、玛娅和米兰达把自行车停放在瓦乐比居民停放自行车的地方。

“孩子们，你们好！”他们听见一个熟悉的声音从离自行车不远的地方传来。

原来是警察局长，他的皮肤被晒成了棕色。他开心地向拉塞、玛娅和米兰达打招呼。

达斯 10m
海滩 50m
冰激凌 75m

“嘿！警察局长，”玛娅说，“好久不见。”

“我最近实在太忙了。”警察局长说着，笑了起来。

“发生了很多案件吗？”拉塞问。

“一件都没有，”警察局长回答，“所以，我才能待在这里干活。”

“在瓦乐比海滨浴场？”米兰达问。

警察局长点点头，露出了神秘的微笑。

“跟我去看看你们就知道啦。”

拉塞、玛娅、米兰达和警察局长一起爬上了最大的一座沙丘。

“哇！”当他们来到沙丘顶端的时候，玛娅惊叹道。

“啊！”拉塞叫道。

“真漂亮！”米兰达感叹道。

每年在学校期末典礼这一天，瓦乐比的大人和孩子都会聚到海滩上，参加海滨浴场的夏季启用仪式。

因此，现在海滩上到处都是人，他们都在忙着摆太阳椅、撑遮阳伞，或者把浴巾铺在沙子上。

在一条长长的栈桥尽头，有一座古老的露天海水浴房。很久以前，瓦乐比的居民们就在这里游泳。那时候，城里还没有建游泳馆。

现在，跃入拉塞、玛娅和米兰达眼帘的，正是这座古老的露天海水浴房。

“这浴房变得真漂亮啊！”玛娅说。

警察局长心满意足地点点头。

“花了两个月的时间才把它修好。”

“还重新刷了颜色，”米兰达说，“看上去就像……像一个奶油蛋糕。”

“是你一个人完成的吗？”拉塞问。

警察局长笑了。

“不是，那怎么可能呢！整个摔跤俱乐部的人都来帮忙了。是弗里提约夫和其他小伙子、姑娘一起干的木工活，一起刷的颜色。”

他们在原地站了好一会儿，欣赏这座变得很漂亮的露天海水浴房。

“走吧，”最后，警察局长说，“我还有一项重要的任务。”

警察局长缓缓地跑下那座沙丘，穿过海滩，来到栈桥前。这条长长的栈桥旁摆着一堆木板和建筑垃圾。

“我们还没来得及把这里打扫干净。”警察局长对拉塞、玛娅和米兰达小声说。

火车司机弗里提约夫·安德松正站在栈桥边等待，他手里拿着一把剪刀。栈桥两侧的护栏之间，绑着一条颜色鲜艳的带子。

弗里提约夫把剪刀递给警察局长。

“亲爱的瓦乐比居民们！”警察局长大声喊道。

海滩上的人们向栈桥这边拥来。警察局长继续讲话。

“自石器时代开始，当我还是个小学生的时候，”警察局长开玩笑说，“夏季启用海滨浴场的日子与学校举行期末典礼的日子就是同一天。”

“哈利路亚！”牧师喊道，“阿门！”

这时，芭布鲁·帕尔姆突然走上前，站到警察局长身边。警察局

长莫名其妙地看着她。

“我建议……”芭布鲁向海滩上的所有人大声呼吁。

芭布鲁把一只手高举在空中，继续说：

“我们为警察局长和整个摔跤俱乐部送上四声欢呼，是他们把海滨露天浴房翻修得这么漂亮。哦——”

“哦——哦——哦——”海滩上的人们齐声喊道。

警察局长将双手举过头顶，像一名摔跤手那样接受人们的喝彩。

“不过，在我剪彩之前，”警察局长又接着说，“我还是希望像往年一样……”

“提醒大家注意几条规则。”玛娅悄悄地说出后半句。

“提醒大家注意几条规则。”警察局长说着，指向一块大牌子。

1. 不在没有同伴时下水！

2. 要沿海岸边缘游泳！

3. 不在不熟悉的水域跳水！

4. 不推搡他人入水或在水下拉扯他人！

5. 不在栈桥和木堤下方游泳！

6. 如非必要绝不大声呼救！

7. 不会游泳的人要佩戴手臂救生圈！

警察局长严肃地逐条念出牌子上面的文字。现场的大人和孩子都点头表示同意。

警察局长念完，注视了一会儿现场的瓦乐比居民。

“因为我们不希望悲剧发生，对不对？”

这时候，所有人都点了点头。

突然，牧师举手提问：“无论如何都可以戴手臂救生圈吧？”

警察局长一脸困惑地看着瓦乐比的牧师。

“牧师，你是什么意思？”

“就算会游泳，”牧师继续说，“也可以佩戴手臂救生圈，对吧？”

“是……没错……但是，一个会游泳的人为什么还想戴救生圈呢？”

“当然是因为戴上好看呀！”牧师说着，脱下他身上的浴袍。

牧师纤细的双臂上戴着一对黄色的手臂救生圈。

他将双脚分开站立，假装鼓起了胳膊上的肌肉。

警察局长笑了起来，然后他剪开了栈桥上的彩带。

“我在此宣布，本年度夏季海滨游泳季正式启动！”

“哦——”海滩上的人们大声欢呼道。

一些人迅速跑到栈桥前方，爬下扶梯入水；另一些人则直接从海滩冲进海里。

很快，所有人都下了一趟水，游泳季终于正式启动了。

拉塞、玛娅和米兰达游完泳后回到海滩，在各自的浴巾上坐下。

拉塞从自己的包里取出甜面包卷和自制果汁，

请大家享用。米兰达给他们讲了自己跟着马戏团旅行并去了很多国家的事情。

“那你是不是会用不同的语言说很多词语？”玛娅问。

“能说一些。”米兰达说着，在自己的甜面包卷上咬了大大的一口。

“但是你现在住在瓦乐比，跟我们上同一所学校。”拉塞说。

“但今天不是，”玛娅说，“因为我们今天放暑假了！”

突然，芭布鲁·帕尔姆急匆匆地穿过海滩走来。

“你们看见穆罕默德没有？”她来到拉塞、玛娅和米兰达的面前问。

“没有，”拉塞说，“但是我记得，刚才所有人骑车来浴场的时候，他却骑车去城里了。”

芭布鲁摇摇头，又急匆匆地离开了。

“你们有没有带着你们的东西？”米兰达问，“很快就要开始了。”

拉塞和玛娅拍了拍各自的包。这时，突然传来一阵号角声。

“是佛朗哥·波罗的号声。”拉塞说。

瓦乐比的邮差正站在海滩中央吹一把小号。

“佛朗哥来自意大利，”米兰达说，“你们知道意大利语里‘佛朗哥波罗’是什么意思吗？”

拉塞和玛娅没来得及回答，因为古恩校长这时从他们坐的浴巾上方飞奔过去。

“现在开始了！”她大叫一声。

拉塞、玛娅和米兰达从各自的包里拿出一只桶和一把铲子。然后，他们走向佛朗哥·波罗，其他人都已经聚在那里了。

瓦乐比的邮差站在一堆沙子上。

“女士们，先生们，孩子们，还有你，牧师。”佛朗哥以郑重的口吻说。

牧师用自己的铲子在桶上敲了几下。

佛朗哥继续说：“今年的海滩雕塑比赛的冠军即将被选出。大家一定还记得，去年赢得比赛的那个人就是我。”

“哦。”玛娅说着，想起来了。去年佛朗哥用沙子堆了一头特别漂亮的驼鹿。

佛朗哥·波罗继续给大家讲解今年的比赛规则：“每名参赛者有三十分钟的时间，用来在这片海滩上打造一件漂亮的作品。当我吹响结束号角的时候，所有参赛者都必须放下手里的桶和铲子。然

后，由我和芭布鲁·帕尔姆选出今年的冠军。对吗，芭布鲁？”

佛朗哥·波罗看看四周，却没看见芭布鲁·帕尔姆的人影。

“她在找穆罕默德呢。”拉塞说。

佛朗哥点点头，郑重地将小号举到嘴边。

接着，他再次吹响了那把小号。比赛开始了！

参赛者们开始进行比赛。

玛娅堆出了一座带护城河的城堡。拉塞和米兰达合作堆了一座警察局长横躺着的雕像。警察局长本人和弗里提约夫·安德松一起堆了一个火车机车头。

牧师当然又堆了一座教堂，像往年一样。迪诺和莎拉堆了一个巨大的肉桂面包卷。

所有参赛者都在紧张地工作。

“还有一分钟！”快结束的时候，佛朗哥·波罗大喊一声。

现在，所有参赛者都在对自己的作品进行最后的调整。接着，佛朗哥吹响小号，参赛者们放下手里的桶和铲子。芭布鲁走了过来。

“我在哪儿都找不到他。”她叹着气说。

“该评选今年的获胜者了，”佛朗哥·波罗大声说，“快来呀，芭布鲁！”

佛朗哥和芭布鲁·帕尔姆走在一起，仔细观看瓦乐比的居民们用沙子堆出的作品。他们在牧师的教堂前停留了好一会儿。

牧师迫切地一边描述一边展示自己的作品。

“这是钟楼，”他说，“这边的教堂里住着上帝和耶稣。”

芭布鲁和佛朗哥继续向前走，低声交流意见。

最后，他们在玛娅那座带护城河的城堡前停下了脚步。

“这是埃里克·冯·伐尔森的城堡。”玛娅解释说。

“非常出色，”芭布鲁大声赞扬，在那一刻似乎忘掉了穆罕默德的事，“对比例的感觉真棒。”

“比……什么？”佛朗哥问。

“就是对大小和形状的感觉。”芭布鲁解释说。

“啊哈。”佛朗哥这样说，其实什么都没明白。

芭布鲁将双手举到半空中。

这时，除了几只海鸥的叫声，海滩上几乎完全静了下来。但是，真的有那么安静吗？

“你们听见了吗？”拉塞小声对米兰达和玛娅说。

米兰达和玛娅听了听，摇摇头。

“只有海鸥的叫声和海浪声。”米兰达说。

“有一种轰鸣声，”拉塞解释说，“你们听不见吗？”

“没错！”米兰达和玛娅这时也听见了那种轰

鸣声。

“我们已经选出了一位优胜者。”芭布鲁大声宣布。

“是吗？”同时担任比赛裁判的佛朗哥·波罗

问道。

“是的！”芭布鲁坚定地说，“玛娅的城堡是一件非凡的作品！”

芭布鲁说着，把一块奖牌挂在了玛娅的脖子上。

“祝贺玛娅！”芭布鲁·帕尔姆说。

就在这时，一样东西从连绵的沙丘后面冒了出来。海滩上的人们都转过身去，他们看清楚那样东西的时候，都惊呆了！

穆罕默德开着一辆挖掘机正全速驶来。他坐在方向盘后面的驾驶座上上下颠簸。

芭布鲁跌跌撞撞地向后退了几步。

“穆……穆……穆罕默德……”她结结巴巴地说。

“芭布鲁，”穆罕默德一边大声喊，一边挥着手，“我来了！我租了一辆挖掘机。”

“我看见了。”芭布鲁小声说着，用手扶住了额头。

“亲爱的！等着瞧吧，”穆罕默德继续大喊着说，“我要成为今年的海滩雕塑冠军！”

穆罕默德·卡洛特操作着挖掘机上的大铲子，开始大堆大堆地铲沙子。挖掘机的发动机发出巨大的轰鸣声，穆罕默德的脸上露出笑容，神采奕奕。

他向芭布鲁挥着手。

“小时候在土耳其，”他喊道，“我堆出过海滩上最漂亮的城堡。实际上，我妈妈当时希望我成为一名建筑师。”

芭布鲁蹒跚着向后退，莎拉·本纳德为她搬来一把太阳椅。

这时，警察局长却把双手插在腰间，大声喊道：“停下来！”

可是，穆罕默德只顾着开心地挥手，继续挖着沙子。于是，警察局长走过去关上发动机。穆罕默德惊讶地看着警察局长。

“比赛已经结束了。”警察局长告诉他。

“结束了？”

“是的，玛娅赢了。”

“玛娅赢了？”

警察局长点点头，穆罕默德这才失望地叹了一口气，说：“好吧，那就祝贺玛娅咯。”

“话说回来，比赛要求使用桶和铲子，”警察局长接着说，“你没事先了解规则吗？”

穆罕默德摇摇头，先不安地看了看警察局长，后又看了看芭布鲁。

“我想堆一座纪念碑，表现我对芭布鲁的爱。”穆罕默德小声地说出这句话，仍然坐在挖掘机的驾

驶座上。

“哦！”海滩上所有的大人和孩子都赞叹了一声。

“我的疯老头子呀！”芭布鲁·帕尔姆坐在那把太阳椅上大声说。

芭布鲁张开手臂，闭上眼睛说：“拥抱！”

穆罕默德站起来，准备跳下挖掘机。

“不行，不行，不行！坐着别动。不能让你这么容易就躲过惩罚。”警察局长说着，开始掰手指计算。

“一、扰乱公共场所的安静和秩序；二、危险驾驶；三、在我们的海滩雕塑比赛上犯规。”

警察局长先闭上眼睛，又环视海滩一周。

“作为惩罚——”

“惩罚？”穆罕默德呻吟道。

警察局长点点头。

“作为惩罚，你得把我们翻修露天海水浴房剩下的那堆木板铲走。”

弗里提约夫·安德松鼓起掌来。

穆罕默德嘟囔着启动了挖掘机，开向栈桥。

在穆罕默德清理翻修产生的垃圾的时候，海滩上的其他人开始收拾各自的东西。

邮差佛朗哥·波罗路过拉塞、玛娅和米兰达身边的时候，祝贺玛娅赢得了比赛。

“米兰达，现在说说，那到底是什么意思？”拉塞突然问道。

“什么？”米兰达反问。

“意大利语‘佛朗哥波罗’是什么意思？”

“意思是邮票。”米兰达微笑着说。

“是的，米兰达！”佛朗哥大声说，“太棒了！”

拉塞和玛娅笑了起来。

然后，他们拿着各自的包，穿过海滩走向停自行车的地方。

“我认为，今年暑假的头开得特别棒。”玛娅说着，向牧师挥了挥手。他虽然骑着自行车，但手臂上仍然戴着那对救生圈。

瓦乐比侦探赛

参与问答竞赛，来测试一下你的瓦乐比侦探值有多少！

1 瓦乐比居民参加海滩雕塑比赛的时候只能使用桶和铲子。但是，穆罕默德没有遵守规则。他使用了什么？

1. 挖掘机
2. 蛋糕切片铲
3. 扫雪铲

2 在圣诞节当天，瓦乐比游泳馆里举办了圣诞节游泳派对。派对上的比赛中有一位参赛者作弊了。这位参赛者是如何作弊的？

1. 使用了游泳脚蹼
2. 为了第一个抵达终点而抢先出发
3. 双脚踩着池底行走

3 作弊者当然得不到游泳徽章，于是他又做了什么？

1. 唱了一首《狐狸跑过冰面》
2. 在没人注意的时候偷偷拿走了一枚徽章
3. 开始给游泳池放水

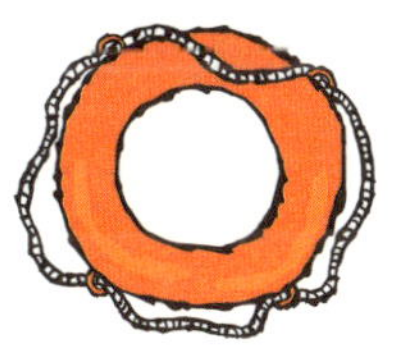

4 在圣诞节游泳派对进行的过程中，一个神秘人物出现在游泳馆里，他头上戴着圣诞老人的帽子，身上穿着游泳裤。这个人通常情况下会穿什么样的衣服？

1. 囚服
2. 牧师袍
3. 医生穿的白大褂

5 圣诞节游泳派对结束后，轮到当红的拉克·布林德出场表演了。他是因为什么出名的？

1. 戏剧化的舞蹈表演
2. 优美的跳水表演
3. 精彩的探戈舞步

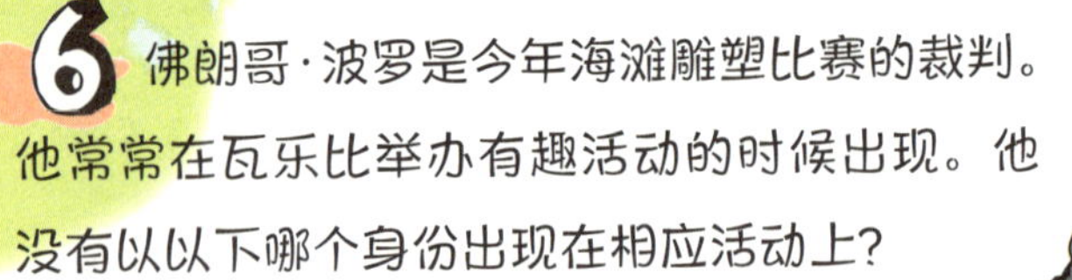

6 佛朗哥·波罗是今年海滩雕塑比赛的裁判。他常常在瓦乐比举办有趣活动的时候出现。他没有以以下哪个身份出现在相应活动上？

1. 瓦乐比足球队的教练
2. “爱之节”活动的组织者
3. 自行车比赛的参赛者

7 瓦乐比的自行车比赛中发生了好几件奇怪的事情。但是，以下哪件事没有发生？

1. 有人在赛道上撒了图钉
2. 有人为了更快抵达终点，骑车从森林里抄近路
3. 有人在自己的自行车上安装了火箭引擎

8 由于自行车比赛中发生的意外事件多得不可思议，确定谁是获胜者就成了一件难事。赛后一共宣布了几次获胜者？

1. 三次
2. 四次
3. 五次

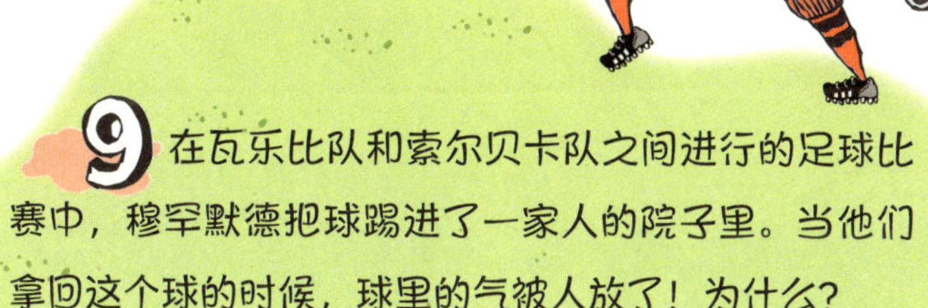

9 在瓦乐比队和索尔贝卡队之间进行的足球比赛中，穆罕默德把球踢进了一家人的院子里。当他们拿回这个球的时候，球里的气被人放了！为什么？

1. 因为足球比赛打扰了一只狗睡午觉
2. 因为足球队员们把草坪踩坏了
3. 因为在瓦乐比从来没有举办过冰球比赛

10 除此以外，两支球队要争夺的奖杯也不见了！幸运的是，奖杯最后被找到了。偷奖杯的人哭着说出了自己偷窃的原因。原因是什么呢？

1. 此人想卖掉奖杯赚钱
2. 此人其实讨厌团体竞技运动
3. 此人只是希望瓦乐比足球队能赢得比赛

11 拉塞和玛娅观看赛马的时候，米兰达和她的猴子西尔弗斯特也在赛马场。他们在那里做什么？

1. 售卖赛程介绍单
2. 在马厩里当帮手
3. 在比赛开始前，确保参赛马匹在起跑点的闸箱各就各位

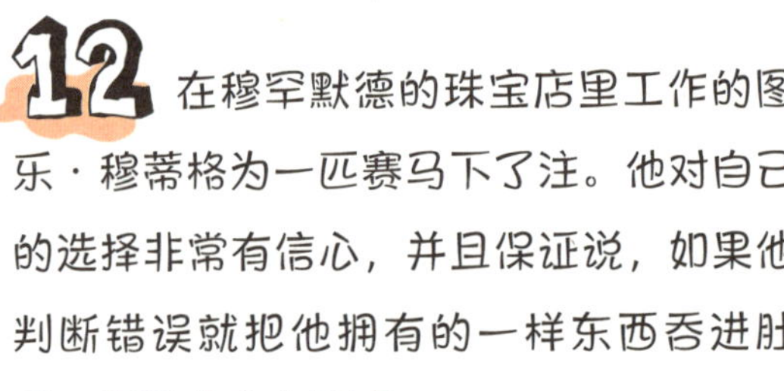

12 在穆罕默德的珠宝店里工作的图乐·穆蒂格为一匹赛马下了注。他对自己的选择非常有信心，并且保证说，如果他判断错误就把他拥有的一样东西吞进肚子。那是什么东西呢？

1. 他的旧帽子
2. 他买的彩票
3. 他在珠宝店用的抹布

13 玛娅认为参赛骑手们个子都很矮。图乐最了解赛马，他说骑手们的体重应该控制在 50 千克至 60 千克之间。为什么？

1. 因为骑手的比赛服只生产小号的
2. 因为体重轻的骑手如果从马上掉下来不会摔得很严重
3. 因为骑手体重重会导致赛马跑得慢

14 那些赛马在比赛中表现得很奇怪，于是拉塞、玛娅和米兰达展开了调查。调查中，他们发现了三样非常重要的东西。是哪三样？

1. 一根鞭子、一顶骑手头盔和一个损坏的马镫

2. 一把钢锯、四只马掌和一瓶安眠药

3. 一张被嚼软的彩票、一张被涂花的赛程介绍单和一面彩旗

15 拉塞、玛娅和米兰达带着猴子西尔弗斯特一起露营的时候，玛娅在夜里难以入睡。为什么？

1. 有一只苍蝇在她脸上飞来飞去

2. 她怕黑，也想家

3. 她在想他们采到的鸡油菌为什么不见了

正确答案在第 90 页。

连线游戏

你刚经历的这个月有多经典？每当方格内描述的事情发生时，在该方格内画叉。当你积满连续的 4 个画过叉的方格并连成一条线时（横向、竖向或对角线方向都可以），你就会赢得三座奖杯中的一座。

在午休时，你的老师在教室的黑板上画了一些花朵。	这个月的第一天，天气很差。	游泳的时候，你手指上的皮肤皱得像葡萄干表面。	有一只狗冲你叫了两声。
有人被一只马蜂吓坏了，挥舞着双臂跑来跑去。	你的家长对你唠叨，说你必须去室外活动。	你听到了有关下雨的歌曲。	你们全家一起吃烧烤。
你听见了一只杜鹃"咕咕、咕咕"的叫声。	你看见了一头牛。	你们全家准备去某地旅行，要装箱的行李太多了。	有人跟你说，刚吃完饭去游泳会抽筋。
你采了七种野花。	你光着脚走在碎石子路上，把脚弄得很疼。	去年的鞋子今年你穿不上了。	你发现了一只奇怪的昆虫。

积满了连续的 4 个方格？恭喜你获得了一座奖杯！

这个月开始后 10 天内连成 4 条线

最经典的奖杯

你几乎体验了一个月的时间能提供给你的一切，甚至还更多呢！休息一天吧，睡个好觉。

附加游戏：你能在连线游戏的所有方格里画叉吗？

这个月开始后 20 天内连成 4 条线

普普通通的奖杯

你度过了有趣但又不是特别有趣的一个月。不过，你一定还做了点别的不同寻常的事情，就是没有包括在连线游戏里的事情。五花八门的事情也很棒！

这个月结束后连成 4 条线

不同寻常的奖杯

祝贺你，你度过的这个月跟其他人的都不一样！你以自己的方式享受了一个月的时光。

附加游戏：制作一个你自己的连线游戏吧！

嘘！

向一位朋友发起挑战，比一比谁先连成 1 条线。
用不同颜色的笔画叉、连线，这样就能看出来是谁领先。

汽车连线游戏

你正坐在车里无事可做吗？

向车上的另一位乘客发起汽车连线游戏挑战。首先连成 1 条线的人获胜。

帮助牧师

昨天，在大家都去游泳的时候，教堂里的5个黄金蜡烛台不见了。肯定有窃贼来过教堂！但是，牧师看见了一些微微闪光的东西，他认为窃贼离开教堂的时候遗落了几个蜡烛台。

你能看见几个蜡烛台？

199
201
289
M

去警察局

找到了 4 个蜡烛台，干得漂亮！但是，第 5 个蜡烛台还没找到，必须去警察局报案。拉塞、玛娅和牧师怎样才能走到警察局呢？他们只能走在可以拼出“POLIS”（瑞典语意为“警察”）的字母上，并且不能走斜线。请画出他们的路线。

P	O	L	I	Ö	T	Y	H	G
S	Q	G	S	N	G	O	L	I
I	L	F	P	O	D	P	B	Z
D	O	T	K	L	Q	S	R	Q
F	P	R	D	I	R	I	L	O
			G	S	Å	G	T	P
			W	P	O	L	I	S
			R	F	Ö	R	B	C

起点（第 5 行第 2 列的 P）

POLGIS
SKIMLN
IFSPOC
LYKWAV
OPSILOPSI
ÅÖIYÅGÖAL
SNGOLINPO
PFDPBSFSR
OLISRPMIN
QKRHDOVLP
GOPSILCOG
WLYWJPVPH
RISPOLISR
警察局
目的地

寻找嫌疑人

警察局长答应一定会找到那个丢失的蜡烛台。他想去找那些有可能偷了蜡烛台的人谈话。7 名嫌疑人分散在瓦乐比各处，你能在这本书里找到他们吗？请写出他们分别在哪一页。

页码 ....
页码 ....
页码 ....
页码 ....
页码 ....
页码 ....
页码 .....

揭穿窃贼

那个蜡烛台被偷的时候，瓦乐比的居民几乎都在海滩游泳。几名嫌疑人都说他们当时在做其他事情。但是，他们中有一个人在说谎。谁的话里有漏洞？

蜡烛台被盗的时候，我跟其他人一样，正好在海滩。我在那里练习以各种泳姿游泳，包括蛙泳、仰泳、蝶泳和自由泳。

我把游泳裤忘在家里了，所以我骑自行车从海滩去了图书馆！我在那里借了一本书，书名是《世界蝴蝶大全》，书里有漂亮的蝴蝶图片，包括孔雀蛱蝶、阿波罗绢蝶和黄缘蛱蝶。

我当时躺在海滩上读一本书。书名叫《钻石谜案》，是关于一个厚脸皮的窃贼从一位珠宝商那里偷走钻石的故事。内容引人入胜！

盗窃案发生的时候，我在家浇花。我家院子里种的是些普通的花，有蝶须、春白菊和沼泽勿忘我。

岂有此理，我什么也没偷！我骑自行车去了宾馆，还跟宾馆老板聊了天。他的名字叫鲁尼·哈瑟伍德，他跟我一样对诗歌感兴趣。

盗窃案发生的时候，我在教堂街上的咖啡馆里吃了一块“吸尘器”点心。那块点心上面有一种漂亮的绿色，几乎所有的“吸尘器”点心上都有这种绿色。

那天我没去过教堂！我在海滩上观看比赛。玛娅用沙子堆了一座很漂亮的教堂。不过，穆罕默德竟然开着一辆卡车出现了。

窃贼的笔记

哦，不好！就在你揭穿窃贼的时候，他从警察局里逃跑了。不过，警察局长已经搜查过窃贼的家，并且发现了一张备忘录，上面有一个由圆点构成的神秘图案。

这张字条能带你找到蜡烛台吗？

用笔把这些点按数字由大到小的顺序连接起来。

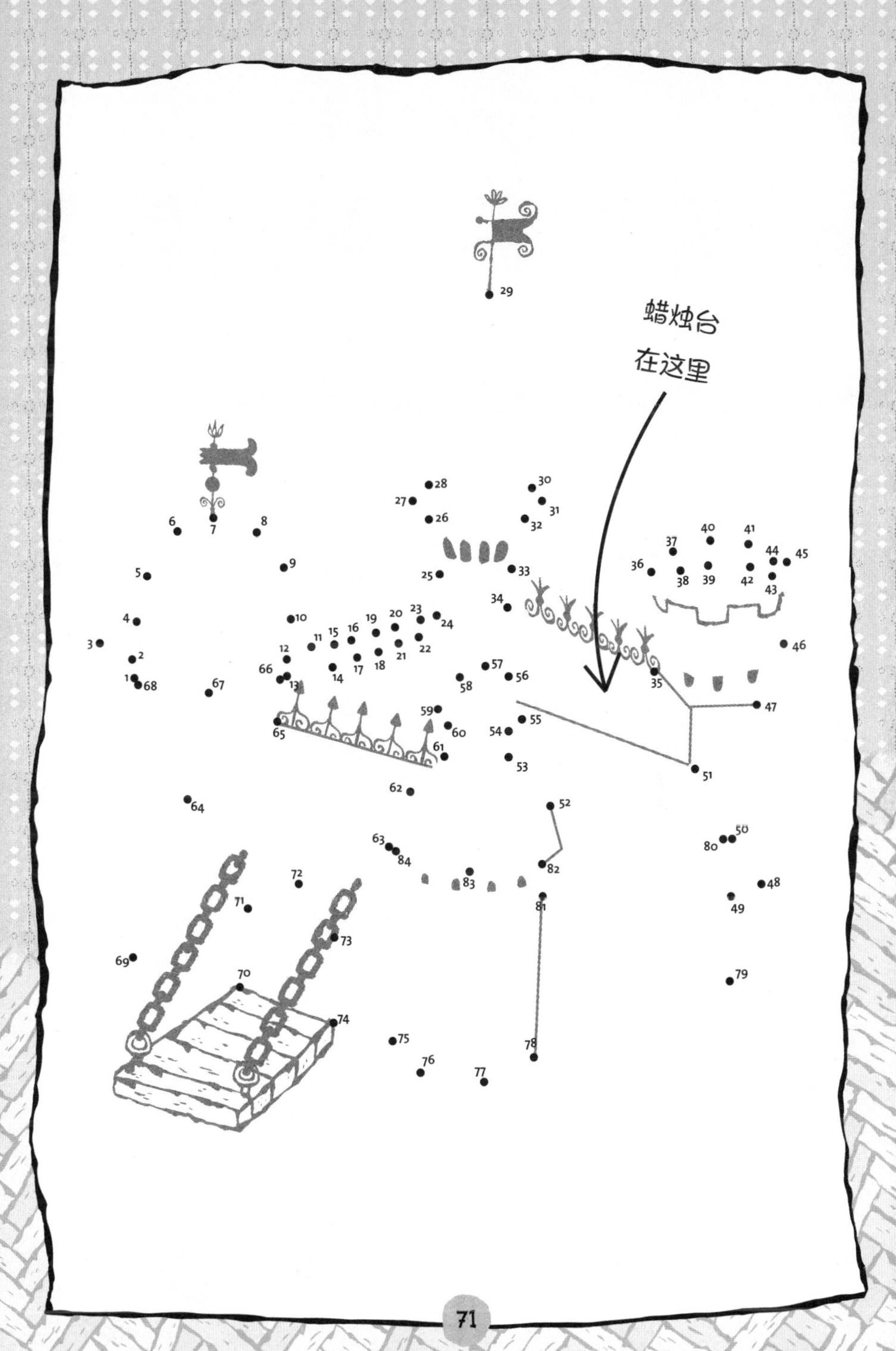
蜡烛台
在这里

在城堡追捕窃贼

在城堡的地下通道里追赶一位朋友。一人扮窃贼，一人扮侦探。窃贼必须先去取蜡烛台，然后再回到逃跑用的车上。侦探要拿到自己的放大镜，然后再去抓窃贼。

如果你掷骰子掷出……

数字 1、2 或 3，你可以在灰色和黄色的通道上行走。
数字 4、5 或 6，你只能在灰色的通道上行走。

你们需要一个骰子和两个可以当棋子的东西。
你们不一定非要走偶数步。
你们不能走斜线，也不能穿越黑色的墙。窃贼先开始掷骰子。

蜡烛台
在这里
放大镜在这里

寻找被盗物品

窃贼被抓住以后，就该寻找那个蜡烛台了。这张字条是在窃贼的口袋里发现的，可以利用它找到蜡烛台吗？

备忘录

那块可以挪开的砖头就在这里！

从画“X”的那块砖头开始

向上数 4 块砖

向左数 2 块砖

向上数 3 块砖

向右数 1 块砖

向上数 7 块砖

向右数 4 块砖

向下数 13 块砖

向左数 2 块砖

向下数 4 块砖

再向左数 3 块砖就是那块可以挪开的砖头。

把那块正确的砖头圈出来。

看看砖头后面有什么！

牧师的诗

蜡烛台找到了，干得漂亮！

现在，又到骑自行车去海滨浴场的时候了，不过先等一等！牧师突然来了灵感，要写几首诗。请把小字条上的字词填入合适的位置，帮助他完成这几首诗。

上帝住在…………的云里，

人们住在地上的…………，

动物生活在它们的…………，

脚指头在…………里，

卡尔－菲利普在…………家，

但是鸟儿却飞去了…………。

终于到了夏天，也到了…………，

玩耍与奔跑，或打鼾与…………，

你想玩耍，还是想玩一局…………？

没有对，也没有…………，

你可以躺在…………上，

也可以在…………上玩，

你可以吃冰激凌，也可以吃腌…………，

在夏天，我们…………做什么就做什么。

自制肥皂泡

米兰达和西尔弗斯特正在海滩上吹漂亮的肥皂泡。你也试一试吧！

你需要：

一小段铁丝
1 分升洗洁精
2 分升水
1 茶匙糖

将洗洁精、水和糖放在一个碗或盒子里混合。用铁丝的一头拧出一个小圈，再把这个圈放进混合好的液体里蘸一下，然后吹气！

嘘！

你想吹出特别的肥皂泡吗？

用你在家里找到的不同的东西吹泡泡，就会吹出大小不等、形状不一的泡泡。试试看，用茶滤、漏勺、细铁丝拧成的衣架、网球拍或捕虫网，甚至呼啦圈吹泡泡！

小贴士

你可以在药店里买到甘油。将 0.5 分升甘油拌入混合液里，你的泡泡更不容易破。

培根兄弟的救生圈

还有一件事！在我们跳进水里游泳之前，必须先帮帮福尔克，他把自己的救生圈弄丢了。他的救生圈和埃斯基尔的救生圈一模一样。

你能找到他的救生圈吗?

福尔克

莎拉和迪诺的野餐篮

莎拉和迪诺在海滩准备了一顿野餐。试一试他们的食谱！

室外下雨了？那就把薄毯铺在家里的地板上，在这里野餐！

需要带的东西：

- 一张够大家坐的薄毯
- 餐具
- 水果或饼干
- 一瓶果汁
- 沸水煮过 8 分钟的鸡蛋
- 意面沙拉（食谱如下）
- 薄面包卷（食谱如下）
- 你从家里带的其他好吃的东西

意面沙拉

两人份

你需要：

· 一个带盖子的大盒子
· 适量蝴蝶面或螺旋粉
· 一小盒樱桃番茄
· 两把小菠菜叶
· 一小罐玉米粒
· 一小块马苏里拉奶酪
· 家里有的其他好吃的东西

沙拉酱配料

· 100 毫升法式酸奶油
· 一餐勺甜辣酱
· 一点盐
· 一点胡椒粉

这样做：

★根据包装上要求的时长煮意大利面，再把煮好的面倒进一个漏勺，过凉水降温。

★将马苏里拉奶酪切成小方块。打开玉米罐头，将泡玉米粒的水倒掉。

★将凉的意面、樱桃番茄、小菠菜叶、玉米粒、马苏里拉奶酪块和其他好吃的东西放进备用的大盒子里。

★将法式酸奶油、甜辣酱、盐、胡椒粉放进一个小碗拌匀后，倒在沙拉上。

薄面包卷

你需要：

· 锡纸或包三明治用的纸
· 软质薄面包饼
· 黄油
· 奶酪、火腿片、生菜或黄瓜等卷在面包饼里的配料

★将黄油抹在薄面包饼上，再铺上其他配料。

★将面包饼卷成卷，用锡纸或三明治纸包好。

举办海滩雕塑比赛

你也想参加海滩雕塑比赛吗？举办属于自己的比赛吧，在海滩或离你最近的公园沙池里都可以！给每位参赛者划分出大小相等的比赛沙地。事先确定比赛时长，上好计时器。使用玛娅、芭布鲁和牧师提供的窍门：

像艺术家那样思考：不要局限自己，充分发挥想象力！用沙子做人像、动物或大胆抽象的沙雕艺术作品。

你想堆塔楼和碉堡吗？用双手收集湿沙子，把沙子轻轻放在你的城堡顶上，做出各种精美的造型。

堆海滩雕塑的时候，沙子必须是湿的。如果你是在沙池里玩，就需要用桶提一些水来。如果你是在海滩上，要挖一个坑，直到坑底出水为止。

1 首先将湿沙子堆成堆作为基础。然后在沙堆上建城堡，城堡会更大。

2 你想用一个桶扣出塔楼吗？那么，先将沙子放进桶里压实，然后再小心地倒扣过来。

3 你想造一座比你的桶更大的塔楼吗？先用湿沙子堆出一些沙堆，再一点点切掉多余的沙子，留下各种你想要的塔楼造型。

4 用一根扁平的雪糕棍切割出城堡墙壁的图案或造型。

5 从一个大沙堆中挖出你的城墙，而不要从下向上堆砌城墙。用这个方法，城墙会更坚固。

6 挖通城堡大门的时候，要从城墙内外一起挖。如果仅从一侧挖，城墙容易塌。

7 最后也是最重要的一点：用你在海滩上捡来的贝壳、小棍子和其他东西来装饰城堡。

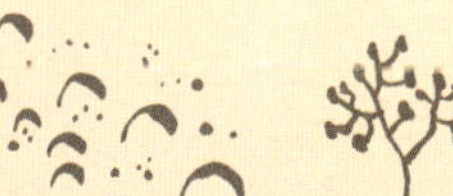

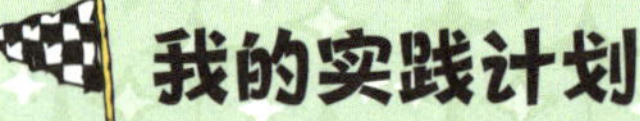

我的实践计划

在实践前填写

我的名字：……………………，

现在是 20……年……月。

上个月，我做过的事情包括：

……………………。

我觉得上个月：

……………………。

我想，这个月会成为：

……………………。

因为：……………………。

我想做的事包括：
- [ ] 打游戏
- [ ] 洗澡
- [ ] 画画
- [ ] 踢足球
- [ ] 堆海滩城堡
- [ ] 野营
- [ ] 骑自行车
- [ ] 睡觉
- [ ] 阅读
- [ ] 烘焙
- [ ] 旅游
- [ ] 去大森林
- [ ] ……………………
- [ ] ……………………
- [ ] ……………………

我想学：□游泳　□吹口哨

□跳水　□侧手翻　□……………………

我想见的三个人包括：……………………、

……………………和……………………。

我想去的地方：……………………。

我不想做的事情：……………………。

我梦想中的一天（自己画）：

我的实践记录

在实践后填写

我的名字：……………………………………，

20……………年……………月刚刚过去。

我原本以为这个月会是：

……………………………………………………………。

我的预料是：☐对的 ☐错的

这个月最终成了：

……………………………………………………………。

因为：……………………………………………………。

我做过的事包括：☐打游戏 ☐洗澡

☐画画 ☐踢足球 ☐堆海滩城堡

☐野营 ☐骑自行车 ☐睡觉

☐阅读 ☐烘焙 ☐旅游 ☐去大森林

☐…………………… ☐……………………

☐……………………………………………………

我学会了：□游泳　□吹口哨

□跳水　□侧手翻　□……

我见到了……。

我去过的地方有：……。

这个月我想：……。

这个月的一天（自己画）：

答案

瓦乐比侦探赛
54—59 页

1-1	6-2	11-2
2-3	7-3	12-2
3-2	8-2	13-3
4-2	9-1	14-2
5-2	10-3	15-3

（第 1 题见本书，第 2—5 题见《游泳馆谜案》，第 6 题见《足球谜案》《自行车谜案，第 7—8 题见《自行车谜案》，第 9—10 题见《足球谜案》，第 11—14 题见《赛马谜案》，第 15 题见《露营地谜案》）

寻找嫌疑人
66—67 页

帮助牧师
62—63 页

图上有 4 个蜡烛台，都被红线圈出来了。

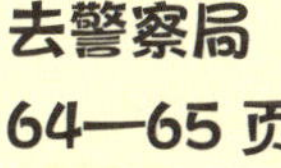

去警察局

64—65 页

揭穿窃贼

68—69 页

最后一名嫌疑人说谎了，因为玛娅堆的是城堡，穆罕默德是开挖掘机来的。

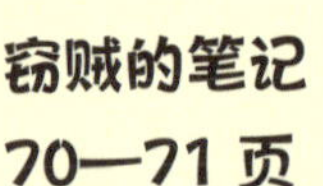

窃贼的笔记
70—71 页

画出的图形是城堡

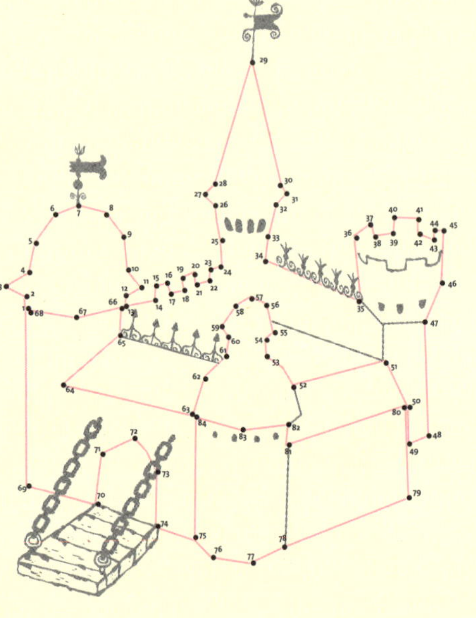

寻找被盗物品
74—75 页

那块可以挪开的砖头

被黄线圈出来了。

牧师的诗

76—77 页

拉塞和玛娅能找到 一切 ，
始终保持头脑 冷静 ，
无论你 有 什么问题，
他们总能找出 答案 ，
蜡烛台 再次 回到这里，
我们点上蜡烛 庆祝 。

上帝住在 天上 的云里，
人们住在地上的 村庄 ，
动物生活在它们的 巢穴 ，
脚指头在 鞋子 里，
卡尔－菲利普在 艾薇·罗斯 家，
但是鸟儿却飞去了 远方 。

终于到了夏天，也到了 假期 ，
玩耍与奔跑，或打鼾与 睡觉 ，
你想玩耍，还是想玩一局 游戏 ？
没有对，也没有 错 ，
你可以躺在 床 上，
也可以在 草地 上玩，
你可以吃冰激凌，也可以吃腌 鲱鱼 ，
在夏天，我们 想 做什么就做什么。

培根兄弟的救生圈

80—81 页

那个救生圈被红线圈
出来了。

著作权合同登记号：图字 18-2023-134

图书在版编目（CIP）数据

拉塞 - 玛娅侦探所 : 实践版 . 海滩雕塑比赛 / （瑞典）马丁 · 维德马克著 ;（瑞典）海伦娜 · 威利斯绘 ; 张可译 . -- 长沙 : 湖南文艺出版社 , 2023.9（2024.7 重印）
ISBN 978-7-5726-1274-9

Ⅰ . ①拉… Ⅱ . ①马… ②海… ③张… Ⅲ . ①儿童小说—侦探小说—瑞典—现代 Ⅳ . ① I532.84

中国国家版本馆 CIP 数据核字（2023）第 121237 号

上架建议：儿童文学

LASAI–MAYA ZHENTAN SUO SHIJIAN BAN HAITAN DIAOSU BISAI
拉塞 - 玛娅侦探所 实践版 海滩雕塑比赛

著　　者：［瑞典］马丁 · 维德马克
绘　　者：［瑞典］海伦娜 · 威利斯
译　　者：张　可
出 版 人：陈新文
责任编辑：张子霏
监　　制：李　炜　张苗苗　文赛峰
策划编辑：文赛峰
特约编辑：丁　玥　焦玲玲
营销支持：付　佳　杨　朔　周　然
版权支持：王媛媛　刘子一
封面设计：梁秋晨
版式设计：李　洁
版式排版：李　洁
出　　版：湖南文艺出版社
（长沙市雨花区东二环一段 508 号 邮编：410014）
网　　址：www.hnwy.net
印　　刷：三河市中晟雅豪印务有限公司
经　　销：新华书店
开　　本：875 mm × 1230 mm 1/32
字　　数：41 千字
印　　张：3
版　　次：2023 年 9 月第 1 版
印　　次：2024 年 7 月第 2 次印刷
书　　号：ISBN 978-7-5726-1274-9
定　　价：128.00 元（全 6 册）

若有质量问题，请致电质量监督电话：010-59096394
团购电话：010-59320018